NAMURS WELTREISE durch STUTTGART geht weiter

Der Zwerg Namur
erlebt neue Abenteuer
in der Landeshauptstadt

Erzählt von Una Störl

Mit Zeichnungen von Franz Bitterle

KRÄH
KRAH
-KRÄH

KRÄH ...KRAH ...
... KRÄH

AUFBRUCH INS NEUE ABENTEUER

„Kra, kraa, kraaa!“ Das laute Gezeter einer Krähe weckt Namur auf. Wieder hat er von seiner spannenden Weltreise durch Stuttgart geträumt. „Uahh!“ Er gähnt und räkelt sich.

„Ja, was ist denn das für ein Lärm?“, ruft er laut und springt mit einem Satz aus dem Bett. Schnell steigt er die Treppenstufen zum Eingang der Wurzelhöhle hinauf.

„Was ist los, Edith, warum zeterst du so laut, dass alle aufwachen?“

Die Krähe Edith hüpft zwischen den bunten Blättern der großen Eiche von Ast zu Ast. Sie flattert aufgeregt mit ihren Flügeln.

„Namur, da oben in den Ästen hängt ein roter Luftballon. An seiner Schnur ist ein Zettel!“

„Was steht denn drauf?“, möchte Namur wissen. „Weiß ich nicht!“, krächzt Edith. „Komm hoch und lies ihn mir vor. Vielleicht geht es um etwas Wichtiges!“

„Dann hol mich hier unten ab, sonst dauert es zu lange“, lacht Namur.

Mit lauten Flügelschlägen segelt Edith zu Namur hinunter, ergreift ihn behutsam mit ihren Krallen und flattert mit ihm nach oben in den Baum. Direkt neben den Luftballon, an dessen Schnur ein weißer Zettel baumelt. Namur setzt sich auf dem Ast zurecht und betrachtet das Papier.

Auf dem Zettel steht: „Hallo, ich heiß Luise und pin heut 7 Jahre geworten. Wen du meine Karte vindest melde dich, den-ich laddich zum Wafl-Esen ein. Hier ist meine Aträße und Telfonumähr."

„Wunderbar!", gluckst Edith. „Da müssen wir hin!" Namur klatscht vor Begeisterung in die Hände. „Juhu, es gibt eine neue Weltreise!" Edith schaut Namur nachdenklich an. „Aber wie soll das gehen?"

„Wenn du mir einen Sitz an die Schnur bindest, könnte ich mit dem Ballon fliegen, was meinst du?" Edith lächelt vergnügt, denn sie kann Dinge aus Ästen zusammenflechten. Das macht sie jedes Jahr beim Nestbau, da ist ein Sitz für sie kein Problem.

Schnell bringt sie Namur wieder nach unten und verschwindet im Astgewirr der großen Eiche. Sie hat jetzt viel zu tun.

Namur rennt ins Haus. „Mama, Mama, ich gehe wieder auf Weltreise!", ruft er in die Küche. „Packst du mir schnell was zu essen ein?" Mama ist etwas traurig, dass Namur wieder fort will. „Muss das denn sein?", murmelt sie. Aber der Junge freut sich so sehr, dass sie schließlich „Na ja, wenn du unbedingt willst …" murmelt. Dann sieht sie ihn nachdenklich an: „Aber komm bald wieder!" „Klar", verspricht Namur. Papa ist ebenfalls einverstanden und macht Namur eine Trinkflasche mit Tee zurecht.

„Komm her, Namur, lass dich umarmen!", ruft Oma aus dem Wohnzimmer. Namur umarmt auch noch seine fünf Geschwister, die bei Oma im Wohnzimmer spielen. Opa, der im

Schaukelstuhl sitzt, hebt seinen Zeigefinger und sagt mahnend: „Versprich mir, dass du vorsichtig bist!“ Namur nickt. „Bin ich bestimmt!“ Dann rennt er mit dem Rucksack nach draußen vor die Tür. Dort sitzt Edith auf dem Boden und wartet. In ihrem Schnabel klemmt die Schnur, an der oben der rote Ballon in der Luft schwebt. Vor ihr auf dem Boden liegt eine Astgabel, die sie mit Moos ausgepolstert hat.

„Ist das der Sitz?“, fragt Namur.

„Mhm mhh“, macht Edith, denn sie möchte die Schnur nicht loslassen. Namur klettert auf den Sitz, er ist fest mit der Ballonschnur verknotet. Glücklich winkt er allen zum Abschied.

Jetzt öffnet Edith ihren Schnabel und der rote Luftballon schwebt langsam hoch in den Himmel hinauf.

Namur ist überglücklich. Bequem sitzt er in seinem moosgepolsterten Schaukelsitz und hält sich mit einer Hand an der

Schnur fest. Unter ihm glänzen die Dächer der Stadt im Morgentau. Es ist ziemlich kühl hier oben und er ist froh, dass er seine warme Jacke angezogen hat.

„Wer wohl diese Luise ist?“, ruft er Edith zu, die noch ein Stück neben ihm herfliegt.

„Eine neue Freundin!“, krächzt Edith. „Da kannst du dich schon mal auf das Waffelessen freuen!“

Namur lächelt und bei dem Gedanken daran läuft ihm das Wasser im Mund zusammen. Auf jeden Fall wird er die Karte nach seiner Landung in seinen Rucksack stecken. Ein Waffelessen wäre mal etwas Besonderes.

Mit einem Ruck wird der Ballon von einer heftigen Windböe erfasst. Hui, geht das schnell! Namur wird mitsamt seinem Sitz in wilder Fahrt hin und her geschleudert. Gut, dass Edith die Schnur so ordentlich am Sitz verknotet hat. Namur wickelt sich das Ende der Schnur sicherheitshalber nochmal um den Bauch. So kann er nicht aus dem Sitz herausrutschen. Das Getöse des Windes ist unglaublich laut. Er presst die Augen zusammen und hofft, dass diese Schaukelei bald ein Ende nimmt, denn allmählich wird ihm schwindelig und sogar ein bisschen übel.

Plötzlich ist es wieder still und der Ballon sinkt ganz langsam auf die Stadt zu. Namur schaut vorsichtig nach unten und sieht einen großen Platz mit Marktständen. Gelbe Kürbisse, rote Tomaten und Paprika sind da aufgetürmt. Außerdem entdeckt er grüne Salate, goldfarbene Kartoffeln und vieles mehr. In den Straßen zwischen den Ständen drängen sich Menschen.

Was für ein buntes Treiben das ist!

RATHAUS

Lautlos gleitet der rote Luftballon am Dach des Rathauses vorbei auf den Glockenturm zu. Auf einmal gibt es einen Knall und Namur rutscht genau vor der großen Turmuhr ein Stück nach unten. Vor Schreck schreit er laut auf, denn seine Angst, ohne Ballon in die Tiefe zu stürzen, ist groß. In letzter Sekunde bleibt der Ballon mit der Schnur am großen Zeiger der Uhr hängen. Der rote, in sich zusammenfallende Luftballon begräbt ihn unter sich.

Mühsam lässt er sich an der Schnur nach unten in die Gebäudeöffnung ab. Gerade als er sich vom schlaffen roten Gummiballon befreit hat, ertönt ein ohrenbetäubend lautes Glockenspiel. Namur macht einen Satz und landet auf dem Rand einer riesigen Glocke, die langsam hin- und herpendelt. Trotz der Lautstärke kann er mit einem Mal erkennen, was da gespielt wird. Es ist das Volkslied „Im schönsten Wiesengrunde“. Erschöpft sitzt er auf der laut tönenden Glocke und hält sich krampfhaft fest, bis sie sich allmählich ausgependelt hat und stillsteht. Er klettert herunter, nimmt Luises Karte, die er vorher von der Schnur abgemacht hat, faltet sie zusammen und verstaut sie in seinem Rucksack. Dann ist es wieder still.

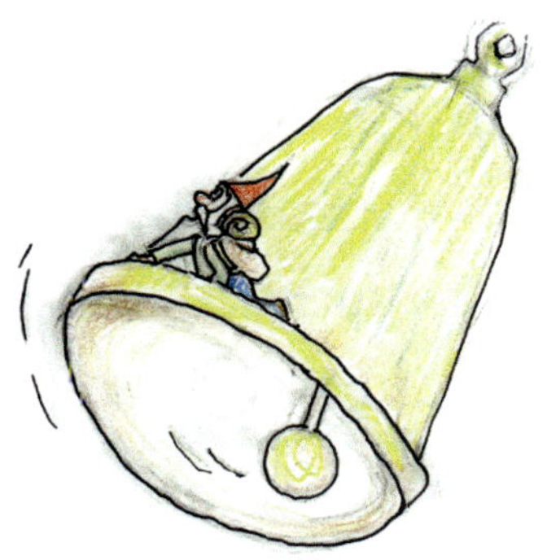

In der Ecke der Turmnische sitzt eine kleine graue Maus, die ihn neugierig anschaut. „He, wo kommst du denn her? Bist du etwa vom Himmel gefallen?“, piepst sie. „Ja, so ungefähr“, sagt Namur, „aber wo bin ich denn hier gelandet?“ Von Mo, dem Mäuserich, erfährt er, dass er ein Riesenglück habe, denn dieses sei das Stuttgarter Rathaus und sie befänden sich in der Glockenstube des Turmes. Fünfmal täglich spielt das Glockenspiel mit 30 Glocken ein Volkslied. „Ich wohne hier. Ich bin nämlich der Mäusechef vom Rathaus und ich werde dir etwas zeigen, das du nie wieder vergessen wirst. Folge mir!“ Durch einen Lüftungsschacht gelangen die beiden zu einem Flur, von dem viele Türen in die Arbeitsräume gehen. „Hier arbeitet der Oberbürgermeister“, sagt er und deutet auf eine der Türen.

Mo huscht eine Treppe hinunter und Namur hat Mühe ihm zu folgen. Unten kommt ihnen mit Quietschen und Rattern langsam ein Fahrstuhl entgegen. „Halte dich an meinem Schwanz fest“, rät Mo und mit einem Satz sind sie drin. Als sie weiterfahren, steigt eine Mutter mit zwei Jungs ein. Die Buben machen einen Satz und schreien vor Begeisterung. Die Mutter erklärt den Umlauffahrstuhl, der ohne anzuhalten immer im Kreis vom Keller bis zum Dachboden fährt und auch Beamtenbagger genannt wird. „Oh je“, denkt Namur, „wenn er obenrum fährt, dann stehen alle auf dem Kopf.“ Er kneift die Augen zu und hält sich krampfhaft an Mos Schwanz fest. „Dies ist ein Umlauffahrstuhl und heißt Paternoster, was aus dem Lateinischen kommt und so viel wie Vaterunser heißt“, erklärt die Mutter und schon sind sie oben drüber, ohne auf dem Kopf zu stehen.

Heimlich schlüpfen Mo und Namur in das Seitenfach des Schulranzens, den der kleinere Junge achtlos hingeworfen hat. Die Paternosterfahrt gefällt den Jungs so gut, dass sie dreimal im Kreis durchs Rathaus fahren. „So, Schluss jetzt!“, bestimmt die Mutter. „Ich muss noch in die Markthalle und Fisch kaufen!“ Wie praktisch, denkt Namur, da spare ich mir lange Wege. Mo ist mit einem Satz rausgehüpft und winkt ihm zum Abschied.

MARKTHALLE

Die beiden Buben laufen hinter ihrer davoneilenden Mutter her und Sven, der Größere, sagt zu seinem Bruder: „Wenn ich das nächste Mal in der Stadt bin, sage ich meinem Freund, er soll mich begleiten. Der wird Augen machen! Sicher ist aus meiner Klasse noch keiner mit dem Paternoster gefahren und alle denken, da steht man auf dem Kopf, wenn der obenrum fährt!"

„Mama hat gesagt, dass Kinder nur in Begleitung eines Erwachsenen fahren dürfen!", sagt der Kleine altklug. „Aber wo ist sie denn?" Ungeduldig winkend steht die Mutter vor dem Eingang der Markthalle. Der Große nimmt seinen Bruder an der Hand und zerrt ihn in die Richtung. „Wo habt ihr denn wieder rumgetrödelt? Ihr wisst doch, dass wir weitermüssen."

In der Markthalle fühlt man sich wie in einer anderen Welt. Namur lugt aus dem Seitenfach des Schulranzens und steckt seine Nase in die Luft. Herrliche Gerüche, bunte Früchte und Gemüse, Gewürze, Blumen, Backwaren und vieles mehr gibt es zu bestaunen. Die Markthalle ist ein Jugendstilgebäude und wurde einst als die schönste Markthalle Deutschlands prämiert.

Vor einem Fischstand im Seitenflügel der Halle bleibt die Mutter mit ihren Söhnen stehen. In einem Becken schwimmen Fische und anderes Meeresgetier herum. Es riecht streng und Namur wechselt unbemerkt seinen Platz in das Seitenfach

des Einkaufskorbes, denn von dort kann er leichter aussteigen, wenn er seine Reise unterbrechen möchte.

Eine durchsichtige Plastiktüte mit vier Fischen landet klatschend direkt neben ihm im Korb. Puh, wie das riecht! Namur zerrt das Papier zur Seite. Da glotzen ihn die starren Fischaugen an und er erschreckt sich sehr. Er zieht seine Zwergenmütze übers Gesicht und findet, dass der Platzwechsel doch nicht so gut war.

Nach dem Einkauf eilt die kleine Familie über den Schillerplatz in Richtung Bahnhof. Die Buben springen in jede Pfütze und sind bald total mit Schmutz bespritzt. Die Schnürsenkel triefen vor Nässe und haben sich gelöst. Genervt bückt sich die Mutter am Schillerdenkmal, um dem Kleinen zu helfen. Schnell schlüpft Namur aus seinem Fischversteck und ist froh, wieder an der frischen Luft zu sein. Auf den Stufen dieser riesigen Statue sitzen einige Schüler und schreiben sich Punkte für eine Klassenarbeit auf. „Also: Friedrich Schiller war neben Goethe einer der größten Literaten seiner Zeit“, notiert ein Mädchen. „Er gilt auch heute noch als einer der Besten und er war Schwabe“, weiß ein rothaariger, Eis lutschender Junge. „In Marbach, wo er geboren wurde, gibt es das Schiller-Museum!“ Was ich so alles erfahre, denkt Namur und klettert in die Jackentasche des Mädchens.

„Kommt mit“, ruft sie, jetzt gehen wir zum Alten Schloss. Da können wir uns im Innenhof hinsetzen und unsere Limo trinken!“

ALTES SCHLOSS UND STIFTSKIRCHE

Im Schlosshof steht eine Gruppe Kinder. Alle reden durcheinander und lachen. Dann erscheint ein Mann in altertümlicher Kleidung und ruft laut: „Ruhe bitte, in 5 Minuten beginnt die Führung ‚Junges Schloss' im Kinder-Museum!" Er klopft mit seinem Stock drei Mal auf den Boden und macht eine gebieterische Handbewegung. Die bedeutet, man soll ihm folgen. Namur klettert aus der Jackentasche des Mädchens und rutscht an ihrem Rock zu Boden.

Dann eilt er so schnell er kann der Gruppe hinterher. Kurz bevor die schwere Eichentüre zufällt, kann er gerade noch hindurchhuschen. Puh, das war knapp! Drinnen erfährt er, dass dieses Schloss einmal eine Wasserburg war. Heute ist es das Württembergische Landesmuseum mit der Schlosskirche."

Der als Zeremonienmeister verkleidete Schlossführer erklärt den Kindern die Geschichte Württembergs. Namur ist müde vom Laufen und den vielen Erklärungen. Also steigt er kurz vor Ende der Führung auf einen samtbezogenen Sessel

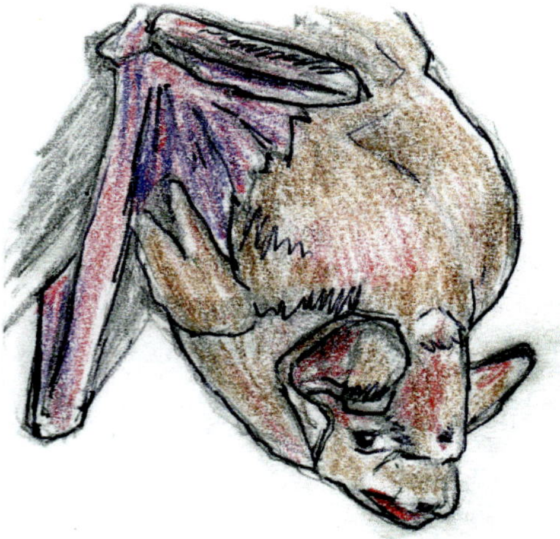

und ruht sich aus. Die Gruppe geht weiter und verschwindet im nächsten Flur. Namur packt sein Vesper aus und lässt es sich schmecken. Inzwischen ist es im Schloss ruhig geworden. Todmüde kuschelt er sich in das weiche Polster und schläft selig ein.

Als die Turmuhr zwölfmal schlägt, wird er wach. Es ist stockdunkel im Raum. Namur stellt erschrocken fest: „Man hat mich eingeschlossen!“ Aber dann beruhigt er sich. „Morgen komme ich schon wieder raus, jetzt schlafe ich erst mal im Königssessel weiter."

Hellgrau durchflutet das Morgenlicht den Raum. Da hört er es flüstern: „Hallo, du da, wer bist du?" Er schaut sich um, kann aber niemanden entdecken. Das Flüstern kommt näher, jetzt scheint es über seinem Kopf zu sein.

Er schaut nach oben und sieht, wie eine große Fledermaus ihn von der Decke herab anschaut. „Ich bin Namur auf Weltreise", flüstert er zurück, „man hat mich gestern eingeschlossen, als ich mich ausgeruht habe." Die Fledermaus flattert zu ihm herunter und setzt sich auf die Armlehne des Sessels. Leise sagt sie: „Ich heiße Thea und wohne hier im Schloss. Wenn du

willst, zeige ich dir die wertvollen Kunstschätze, die hier ausgestellt sind. Halte dich an mir fest, dann fliege ich dich quer durch den Raum zu einem Geheimgang.“ Zaghaft klammert Namur sich an Thea fest und hofft, er würde nicht zu schwer für sie sein. Sie zeigt ihm funkelnde Geschmeide, eine Krone, Gold, Silber und wertvolles Porzellan, alte Rüstungen und Gewänder hinter hohen Glaswänden. Thea ist sehr klug und antwortet auf all seine Fragen.

„Woher weißt du das alles?“, fragt Namur. „Ich wohne schon sehr lange hier und komme nur nachts raus, wenn alles ruhig ist. Dann fange ich die Fliegen und Käfer, die an den Fensterscheiben übernachten, und lasse es mir schmecken.“

„Wo ist denn der König?“, will Namur wissen. Thea lächelt und verspricht ihm, diesen gleich noch zu besuchen. Durch ein gekipptes Fenster im obersten Stock fliegen sie durch den kühlen Nachhimmel. Am Stadtpalais landen sie auf dem Hut einer bronzenen Statue.

„Darf ich vorstellen?“, sagt Thea. „Das ist der vierte und letzte württembergische König Wilhelm der Zweite mit seinen beiden Spitz-Hunden Ali und Rubi. Bei königlichen Empfängen liefen die Lieblinge des Königs frei herum und kläfften die Gäste an. Unser König war beim Volk sehr beliebt und ging täglich auf der Königstraße und im Schlossgarten spazieren. Begegneten ihm Kinder, griff er in seine Tasche und beschenkte sie mit Süßigkeiten. Vor genau 100 Jahren starb er.

Thea hat einen Freund. Es ist der Turmfalke Gustav, der in der Stiftskirche wohnt. Normalerweise fressen Falken Fledermäuse, aber Thea erzählt Namur, dass sie seit langem mit Gustav befreundet ist, weil sie im Turm der Stiftskirche geboren wurde. Also beschließen sie, Gustav zu besuchen.

Dieser staunt nicht schlecht, als Thea mit Namur bei ihm aufkreuzt. Er vertilgt gerade eine Ratte und Namur ist froh, dass er in ihm nicht eine mögliche Speise sieht.

Im Turmgebälk der gotischen Hauptkirche machen sie eine Pause. Unter ihnen ertönen laute Posaunen. Namur beugt sich über die Brüstung und sieht drei Männer und eine Frau mit ihren Blasinstrumenten spielen.

„Jeden Dienstag und Donnerstag machen sie das“, weiß Gustav, „und die Leute, die zum Wochenmarkt gehen, bleiben stehen und applaudieren, wenn sie fertig sind.“ Er streckt sein

Hinterteil über die Mauerbrüstung und lässt sein Häufchen fallen, genau auf den Kopf eines Bläsers. „He“, schreit der, „du bist ein Dreckspatz, kein Turmfalke, da schmeckt mir meine Brezel wirklich nicht mehr!“ Namur und Thea kichern … „Wohin geht nun deine weitere Reise?“, wollen seine neuen Freunde wissen. Namur zuckt mit den Schultern und meint: „Könnt ihr mir einen Tipp geben?“

Thea schließt ihre Augen und überlegt lange. Dann hat sie eine Idee: „Du musst zum Hauptbahnhof! Da siehst du die größte Baustelle deines Lebens! Sie ist riesig und der Bahnhof wird, wenn er mal fertig ist, gigantisch. Da gibt es Gleise in alle Richtungen, Tunnels und Hallen mit Überdachung, das Ganze nennt sich Stuttgart 21. Für dich ist der Weg allerdings zu weit, aber wozu hat man Freunde?“

Gustav lächelt und stößt einen Schrei aus: „Wenn ich mein Verdauungsschläfchen gemacht habe, bringe ich dich hin, versprochen!“ Dann steckt er seinen Kopf zwischen die Flügel und schläft ein.

Namur packt den Rest seiner Brote aus und stärkt sich, nachdem er sich von Thea verabschiedet hat. Er drückt sich ganz nahe an Gustav und spürt die Wärme unter seinem Gefieder. Dann schläft er ein.

Die Turmuhr der Stiftskirche schlägt zwölf Mal. Gustav streckt sich und spannt seine Flügel weit auseinander. „Halt!“, ruft Namur, aber da ist er schon auf und davon. Namur ist enttäuscht, offensichtlich hatte Gustav nicht mehr an ihn gedacht. Langsam lässt er sich am Glockenseil zur Bläserempore runter und beschließt, auf den Falken zu warten. Da liegt doch tatsächlich ein Stück Brezel. Schnell steckt er sie in seinen Rucksack und setzt sich bequem hin.

Wie schön die Innenstadt von hier oben aussieht. Die bunten Dächer, die herbstlich gefärbten Bäume und die vielen Menschen, die teils einkaufen, teils bummelnd durcheinander wuseln. Über allem liegt eine warme, goldene Oktobersonne, die die Kühle des Vormittags vertrieben hat.

Plötzlich schreckt er vom lauten Flügelschlag Gustavs auf. „Entschuldige, ich habe gar nicht mehr an dich gedacht! Ja, so ist es, wenn man alt ist. Dann vergisst man hin und wieder etwas. Aber den Menschen geht es genauso, das tröstet mich. Wann willst du los?“

„Meinetwegen gleich!“, ruft Namur. So fliegen sie von der Stiftskirche in den herrlich blauen Nachmittag dem Hauptbahnhof entgegen.

DER CHINESISCHE GARTEN

Kurz vor dem Hauptbahnhof macht Gustav plötzlich einen Schlenker und steuert einen Weinberg an. „Ein Weinberg mitten in der Stadt?“, denkt Namur und ruft: „Wohin fliegst du denn, ich dachte, unser Ziel ist der Hauptbahnhof?“ Gustav stößt einen vergnügten Schrei aus und landet auf dem Dach eines seltsam aussehenden Hauses. „Herzlich willkommen, wir sind hier im chinesischen Qingyin-Garten. Übersetzt heißt das die schöne Melodie.“

In herrlicher Aussichtslage mit Blick auf den Talkessel liegt der Garten zwischen der Innenstadt und dem Killesberg.

„Dieser Garten wurde dem Land Baden-Württemberg von einer chinesischen Provinz im Jahre 1993 geschenkt, im Rahmen einer Gartenbauausstellung." Gustav fliegt mit Namur noch vor das wunderschöne Eingangsportal, vor dem sie ein rundes Kieselsteinmosaik, das Yin und Yang zeigt, entdecken. „Das soll den kosmisch-zyklischen Ablauf von Aufgehen und Vergehen, Frühling und Herbst, Leben und Tod, hart und weich, sowie Stein und Wasser symbolisieren", erklärt Gustav stolz. „Auch das Eingangstor ist mit diesem Yin- und Yang-Symbol, das wie eine Wolke aussieht, versehen", stellt Namur fest.

Durch das Torhaus gelangt man in das Innere des umfriedeten Gartens. Eine ältere Dame ruft: „Ja so was, jetzt bin ich schon so lange in Stuttgart und war noch nie hier an diesem schönen Ort!" Während Gustav sich mit Namur in den Klauen erhebt und wieder zum Dach des seltsamen Hauses fliegt, hört er noch, wie der Begleiter der Dame sagt: „Das ist echt ein Geheimtipp!"

Das Haus, auf welchem sie inzwischen wieder sitzen, hat Wände aus lackiertem Holz und ein hochgezogenes Dach, man nennt das eine Pagode. Auf einem Hügel steht ein quadratischer Pavillon im gleichen Stil. Bizarre Gesteinsformen unterteilen den Garten in verschiedene Ebenen, die sich von unten gesehen nur erahnen lassen.

Namur klettert an einem Strauch, der seine Äste bis zum Hausdach ausstreckt, langsam nach unten und steht vor einem großen Teich. Viele Goldfische tummeln sich im grünlichen Wasser und verstecken sich unter rosafarbenen Seerosen. Er trippelt über den Steg, der den Teich überquert und entdeckt über sich einen sprudelnden Wasserfall. Über Felsstufen mündet dieser in einen Bach, der den See speist.

Im Schatten von exotischen Büschen und Sträuchern, die an den dicken Steinmauern wachsen, schlendert Namur gemütlich zu dem Hügel vor ihm. Dort erklärt ein Vater seinem Sohn, dass die Tafeln mit den chinesischen Zeichen Gedichte von Zho Si sind. In unserer Sprache heißt das, nicht nur die Laute und Flöte, sondern auch Berge und Wasser machen eine schöne Melodie.

Der Wasserfall übersetzt die Poesie der Gedichte, die auf den Tafeln und Steinen in chinesischen Buchstaben stehen, in die Wirklichkeit.

Es raschelt im trockenen Laub und eine grasgrüne Eidechse huscht vor Namurs Füße. Sie schaut verwundert zu ihm hoch. „He du“, flüstert Namur der Eidechse zu: „Wohnst du hier?“ Kaum merklich nickt diese und wispert: „Komm, ich zeige dir etwas!“ Sie huscht flink an den felsigen Stufen nach oben, so dass Namur Mühe hat, ihr zu folgen.

Oben an der Plattform kann man sich auf den Steinstufen und einigen Bänken ausruhen und die Aussicht genießen. Namur ist überwältigt von dem Ausblick. Der Blick über den Talkessel ist gigantisch. Die Riesenbaustelle des Bahnhofs, mit vielen Rohren, Kabeln und Überdachungen strahlt emsige Betriebsamkeit aus. Auf die herbstlich bunten Hänge der gegenüberliegenden Stadtseite legt die Abendsonne ihren goldenen Schein und taucht alles in ein zauberhaftes Licht. Links neben dem Garten liegt der Weinberg der Stadt Stuttgart. „Mit Blick auf die Zugspitze“, lächelt die kleine Eidechse schelmisch.

Inzwischen haben die meisten Besucher den Garten verlassen, denn es ist kühl geworden. Namur beschließt sich zu verabschieden, denn Gustav stößt schon einen ungeduldigen Schrei aus. Pela, wie seine neue Freundin heißt, führt ihn zu einer kleinen Felshöhle und überreicht ihm ein Geschenk. „Das ist aus meiner persönlichen Schatzkammer“, sagt sie feierlich. Einen wunderschönen, glatten Jadestein mit einer Vertiefung, die in der Mitte bläulich schimmert, legt sie Namur in die Hand. „Dieser Stein ist geformt wie unsere Stadt, mit einer Vertiefung wie der Talkessel. Er soll dir gehören und dich beschützen“, flüstert sie.

Inzwischen wird Namur von Gustav gesucht. Ärgerlich ruft der Falke in die Höhle: „Komm endlich raus, sonst kannst du sehen, wie du allein zum Bahnhof kommst!“ Namur verabschiedet sich, aber Pela bleibt im sicheren Versteck, denn der scharfe Falkenschnabel, den sie durch das Loch gesehen hatte, war ihr nicht geheuer. Mit dem Geschenk im Rucksack und einem herzlichen Winken kriecht Namur nach draußen, um Gustav nicht länger warten zu lassen.

DER HAUPTBAHNHOF

Namur ist überwältigt von der riesigen Baugrube, den vielen Gleisen, der Vielfalt an Rohren und den gewölbten Dächern über den Hallen, die wie Zelte aussehen. Vom Bahnhofsturm, wo Gustav gelandet ist, hat man eine Aussicht, die ihn begeistert. „Das ist Stuttgart 21!“, krächzt der Falke, „eine Riesensache. Wenn das mal fertig ist, erkennst du es nicht wieder. Viele Tunnels gehen unter der Stadt in alle Richtungen und die Menschen haben vielleicht die Möglichkeit, in kürzerer Zeit an ihr Ziel zu kommen.“ Namur, dem in-

zwischen etwas kalt geworden ist, bittet Gustav, ihn an einem warmen Platz abzusetzen. Kurze Zeit später sitzen sie über der Bahnhofshalle in einer Mauernische und schauen hinunter auf das geschäftige Treiben. Menschen rennen mit Koffern und Taschen. Ansagen über geänderte Abfahrts- oder Ankunftszeiten werden über einen Lautsprecher angesagt. An Kiosken kann man sich Essen, Getränke und Zeitschriften kaufen. Gustav fliegt plötzlich hinunter und ruft ihm zu: „Ich hole dir noch etwas Proviant, damit du deinen Rucksack füllen kannst!"

Schon kurze Zeit später landet er neben ihm, im Schnabel eine kleine prall gefüllte Tüte. Namur klatscht in die Hände und freut sich: „Danke, das reicht mir sicher tagelang." Gustav rückt nahe zu ihm und breitet seine Flügel aus, damit es ihm warm wird. Namur fühlt sich geborgen und schläft ein. Am späten Nachmittag wird er von Gustav geweckt. „Ich muss

jetzt los, denn ich will mich mit meinen Freunden treffen. Aber vorher bringe ich dich noch in die Bahnhofshalle runter, da ist es interessanter als hier oben." Gustav setzt Namur am Rand der Halle ab und fliegt davon.

In einer Ecke hinter einem Abfalleimer schläft ein Mann auf einer zerfransten Wolldecke. Neben ihm kauert sein Hund, der Namur aufmerksam anschaut und in seine Richtung schnuppert. Namur holt die Rote Wurst aus seinem Rucksack und legt sie vor dem Hund auf den Boden. Mit einem Happs schnappt der die Wurst und verschlingt sie gierig. Verschlafen öffnet der Mann seine Augen und murmelt: „Na, Bello, hast du was Feines bekommen?" Schwanzwedelnd geht Bello zu ihm und leckt ihm übers Gesicht. „Ha, Ha, das war wohl ein Würstchen? Was du für ein Glück hast!", sagt er und zwinkert Namur freundlich zu. „Hallo", sagt dieser, „Ihr Hund sah

hungrig aus, da habe ich ihm meine Wurst gegeben, aber das Brot habe ich noch. Wollen Sie es?" „Und du? Sicher hast du selbst Hunger? Ich will dir nicht deine Brotzeit wegnehmen!"

Namur gibt dem Mann das Brot und einen Apfel und erklärt, dass er heute schon genug gegessen habe. „Dann setz dich zu uns und erzähl uns doch, wie du hierhergekommen bist." Während er mit vollen Backen kaut, erzählt Namur ihm seine Geschichte. Der Alte nimmt einen Schluck aus der Flasche neben sich und rülpst laut. „Das ist ja unglaublich, so eine Begegnung hatte ich noch nie! Wo schläfst du denn heute? Es ist nachts zur Zeit lausig kalt," meint er nachdenklich. „Wenn du möchtest, kannst du bei mir und Bello schlafen, gemeinsam ist es wärmer!"

„Warum schlafen Sie …" Der Mann unterbricht ihn und bohrt ihm seinen Zeigefinger mit dem schwarzen Rand unter dem Nagel in die Brust und sagt bestimmt: „Ich heiße Alois und du darfst ‚du' zu mir sagen, auch wenn ich ein alter Mann bin. Warum ich hier schlafe, willst du wissen? Ich lebe auf der Straße, weil ich keine Wohnung mehr habe und kein Geld, mir eine zu mieten. Aber das ist o.k.! Manchmal kommen Leute und bringen mir etwas zu essen oder warme Klamotten. Hier im Bahnhof ist es besser als draußen und Bello beschützt und wärmt mich."

Nach einiger Zeit erzählt er Namur, wie es dazu gekommen ist, dass er so ein Leben führt. Trotzdem wirkt er fröhlich und zufrieden. Also kuscheln sich alle drei in die Ecke. Namur holt seine kleine Decke aus dem Rucksack und deckt Bello zu. Es riecht etwas muffig, aber Namur fühlt sich wohl und geborgen in der gemeinsamen Wärme und er schläft, begleitet von Alois' Schnarchen, zufrieden ein.

Am nächsten Morgen nimmt Alois ihn mit zu einem Frühstück, das für Menschen wie ihn kostenlos ist. Vor einem Geschäft steht eine Frau, die Zeitungen verkauft. Trott-war heißt die Zeitung und unterstützt wohnsitzlose Menschen. Namur findet, dass das eine tolle Sache ist. Als er aus der Manteltasche von Alois lugt, begrüßt sie die drei lachend. „Na, was bringst du heute für einen drolligen Besuch mit?" Alois grinst und verspricht ihr, dass ihr Namur später seine Geschichte erzählen würde. „In Ordnung", ruft sie, „bis später. Ich bin schon gespannt darauf."

Bello wedelt mit seinem Schwanz und dann betreten sie den Frühstücksraum. Drinnen ist es mollig warm und es riecht nach Kaffee, gebratenen Eiern und nach ungewaschenen Menschen. Aber alle sind fröhlich und freuen sich aufs Frühstück. Namur schaut aus der Jackentasche hinunter zu

Bello. Der macht Männchen und leckt ihm übers Gesicht. „So, jetzt bist du schon gewaschen“, lacht Alois laut.

Das Frühstück ist lecker. Als alle mit dem Essen fertig sind, stimmt einer ein Lied an. Alle anderen singen mit und lachen und scherzen. Olga, so heißt die Trott-war-Verkäuferin, kommt herein und setzt sich zu ihnen.

Vorne fehlt ihr ein Zahn, aber sie lacht trotzdem aus vollem Herzen, wenn jemand einen Witz erzählt. Namur findet, dass es hier beinahe so ist wie bei ihm zuhause, und das ist ein gutes Gefühl. „Komisch“, denkt er, „diese Menschen haben kein Geld, keine Arbeit und kein Dach über dem Kopf, aber sie wirken zufriedener als diejenigen, denen ich bisher unterwegs begegnet bin. Woran das wohl liegen mag?“

„Weißt du, Namur“, sagt Olga „wenn du noch etwas Besonderes erleben möchtest, dann solltest du unbedingt noch

mit der Zacke und der Seilbahn fahren! Wenn du möchtest, nehme ich dich, nachdem ich meine Zeitungen verkauft habe, mit an den Marienplatz, denn dort in der Nähe habe ich mein Nachtquartier."

Namur klatscht in seine Hände und freut sich so sehr darüber, dass er über den Tisch hüpft und Olga einen dicken Kuss auf die Wange gibt. „Holla", lacht Alois und Olga strahlt, dass ihre Zahnlücke noch besser zu sehen ist. „Ich begleite dich, bis du deine Arbeit gemacht hast", verspricht Namur.

Alois setzt ihn auf Olgas Schulter und sie gehen frisch gestärkt nach draußen. Eine Zeitungsverkäuferin mit einem Zwerg auf der Schulter ist natürlich eine kleine Sensation.

Deshalb dauert es nicht lange und eine Menschenmenge umringt Olga und schaut Namur ungläubig an. Der lacht und macht lustige Grimassen, sodass die Leute sich darüber amüsieren. Er klettert von der Schulter auf Olgas Kopf, hält sich an ihren Haaren und rutscht auf die andere Schulter herunter. Dort macht er einen Handstand und bedankt sich mit einer Verbeugung bei jedem, der eine Zeitung kauft. So laut er kann, singt er im breitesten Schwäbisch: „I bin heut, des isch wohl klar, vom Trott-war dr Superstar!" Im Nu sind alle Zeitungen verkauft und das ungleiche Paar macht sich auf den Weg zum Marienplatz, gefolgt von vielen Neugierigen, die ihre Handys gezückt haben …

DER GALATEABRUNNEN

Ich finde, das müssen wir feiern“, sagt Olga, „durch dich habe ich so viele Zeitungen verkauft wie schon lange nicht mehr.“ „Wie denn?“, fragt Namur verdutzt. „Ich habe eine tolle Idee, bei der wir das Lehrreiche mit dem Genüsslichen verbinden können.“

Neugierig lugt Namur sie von der Seite an, aber Olga lächelt nur verschmitzt und beschleunigt ihren Schritt. Zwischen den Häusern geht sie schmale Wege entlang und betritt schließlich einige der bekannten Stuttgarter Stäffele, bis sie am Wohnhaus des bekannten Dichters Eduard Mörike vorbeigehen und die Eugenstaffel vor sich haben. „Das ist eine der bekanntesten Stuttgarter Stäffele“, sagt Olga und schnauft die Treppe hoch.

Auf einmal deutet sie nach oben und Namur sieht eine von schmiedeeisernem Geländer eingerahmte Treppe, an deren oberen Ende ein wunderschöner Brunnen ist. Vom Brunnen abwärts gibt es eine vorgelagerte Wasserstaffel mit beeindruckender Wirkung. Munter plätschert das Wasser in Kaskaden die steile Staffel hinunter, um dann ins darunterliegende offene Becken zu fließen. Der schönste Teil aber ist die wunderschöne Figur der Galatea, die den Brunnen krönt.

„Na, was sagst du nun?“ fragt Olga. „Können wir weiter hinaufsteigen, um den Brunnen aus der Nähe zu betrachten?“, bettelt Namur. „Zuerst schauen wir von hier unten diese ganze Pracht an, denn ich muss dringend verschnaufen“, keucht

Olga. Sie setzt Namur auf den Rand des Beckens und wischt sich den Schweiß von der Stirn. „Nach so einem langen Arbeitstag sollte man keine Stäffelestour mehr machen", lacht sie. Aus ihrer Jutetasche holt sie eine altbackene Brezel und beißt hinein, dass es nur so kracht.

Eine Spatzengruppe flattert aufgeregt um die beiden und pickt die heruntergefallenen Brösel auf. Ein kleiner Spatz, der sich neben Namur auf den Beckenrand setzt, zupft an seinem Rucksack. „Aha, du vermutest etwas zu essen da drin, hab ich recht?", fragt er den Vogel. „Piep" ist die Antwort und Namur öffnet seinen Proviantsack und legt ein Brötchen und ein paar Kekse auf die Mauer.

Im Nu sind Namur und Olga von einer Schar Spatzen umgeben, die sich wie wild um die dargebotenen Köstlichkeiten streiten. Der kleine Spatz aber hüpft auf Namurs Schulter und piepst ihm ins Ohr. „Gib nicht alles her, damit ich, wenn sie weg sind, auch noch etwas bekomme. Die Großen in unserem Schwarm drängen uns Kleine immer weg, so dass wir oftmals leer ausgehen. „Bleib bei mir, bis sie weg sind. Ich habe noch genügend für dich", tröstet ihn Namur.

Olga, die sich nun erfrischt genug fühlt, um das letzte Stück der steilen Treppe, die seitlich der Wasserstaffel hochgeht, in Angriff zu nehmen, setzt Namur mitsamt dem kleinen Spatz wieder auf ihre Schulter und steigt nach oben.

Am Eugensplatz angekommen, erklärt Olga Namur den Figurenbrunnen. „Er wurde 1890 vom Bildhauer Otto Rieth aus Schilfsandstein geschaffen und stellt Galatea, die Tochter des Meergottes Nereus aus der griechischen Mythologie, dar. Die Bronzefiguren wurden vom Erzgießer Paul Stotz gegossen. Er

ist einer der prächtigsten Brunnen der Stadt. Meine Namensschwester, Königin Olga, gab den Brunnen in Auftrag. Er sollte zur Verschönerung des Stadtbildes beitragen. Die Bronzefigur der leicht bekleideten Meeresnymphe Galatea ist das Zentrum des Brunnens. Als Wasserspeier dient ein bronzener Löwenkopf. Fische und Putten sowie Meereswellen und Seetang sind auch aus Bronze."

Im Schatten eines großen Baumes stecken Olga und Namur ihre Köpfe zusammen, um dem hungrigen kleinen Spatz eine ungestörte Mahlzeit zu ermöglichen.

„Stell dir mal vor", erzählt Olga, „als der Brunnen eingeweiht wurde, empörten sich viele Stuttgarter über die spärlich bekleidete Galatea. Daraufhin soll die verärgerte Königin damit gedroht haben, die Figur um 180 Grad zu drehen und mit dem nackten Hinterteil zur Stadt aufzustellen. Damit war die Diskussion beendet."

„Jetzt habe ich aber noch eine Überraschung", lockt Olga und geht mit den beiden Passagieren auf der Schulter über die Straße direkt auf eine Eisdiele zu. Ein Pinguin auf dem Plakat verheißt kühle Leckereien. „Bist du einverstanden, wenn wir uns ein Eis teilen?“, fragt Olga. Namur nickt begeistert, denn eine ganze Eiskugel würde er niemals allein schaffen. Sie entscheiden sich für eine Kugel Schokoladeneis in der Waffeltüte. Olga bezahlt und sie schlendern zurück zum Brunnen, um gemeinsam das Eis zu genießen.

Einem kleinen Jungen fällt, als er über die Straße rennt, die Eistüte aus der Hand. Der schockierte Autofahrer, der im letzten Augenblick noch bremsen kann, fährt es zu Matsch. Die Mutter, froh, dass ihrem Kind nichts passiert ist, nimmt es an der Hand und kauft ihm nochmals eines. Der kleine Spatz aber nutzt diese Situation und schnappt sich schnell die Waffel. Auf Olgas Schulter fühlt er sich sicher, denn als die anderen Spatzen die Waffel sehen und herangeflogen kommen, schlägt Olga mit ihrem Jutebeutel wild um sich. Verschreckt ziehen die Vögel ab und der Kleine pickt in aller Ruhe, bis kein Krümel mehr da ist. Mit dickem Bäuchlein und zufriedener Miene verabschiedet er sich von seinen Rettern und fliegt davon.

„Allmählich wird es Zeit, unser Nachtlager aufzuschlagen“, meint Olga und geht die Treppen neben dem Brunnen hinunter in Richtung Marienplatz. „Danke, liebe Olga, das war ein toller Ausflug für mich“, jubelt Namur und drückt ihr einen Kuss aufs Ohr, dass es nur so knallt.

AM MARIENPLATZ

Als sie wieder am Marienplatz ankommen, geht Olga durch einige Nebengassen und Hofeingänge. Schließlich schlüpfen sie durch ein quietschendes altes Hinterhoftürchen und sind die Gaffer los.

„Geschafft“, ruft sie und wirbelt Namur durch die Luft, dass er aufjauchzt. „Du bist ein echter Goldschatz! Am liebsten würde ich dich behalten.“ – „Da könnte ich ja nicht mehr reisen und nicht mehr zu meiner Familie zurückkehren“, gibt er zu bedenken. „Das kann ich gut verstehen“, meint Olga und lächelt.

Zwischen den Häusern einer Nebenstraße gehen sie an einer mit Efeu bewachsenen Mauer entlang. Olga schiebt den rostigen Riegel einer alten Holztüre im Gemäuer zurück und mit leisem Knarren öffnet sie sich. Da stehen sie nun in einem kleinen Hinterhausgarten, der auf Namur fast wie ein Paradies wirkt. Zwischen zwei dicken Bäumen steht ein etwas windschiefes Gartenhäuschen mit bemalten Fensterläden. Es ist auf den ersten Blick kaum zu erkennen, denn eine üppige rotgoldene Hecke von Wildem Wein hat es überwuchert. Daneben biegen sich Brombeerstauden, deren schwarzlila Beeren im Abendwind verlockend schaukeln. Olga lässt sich auf einem Baumstumpf nieder und legt ihren Rucksack ab.

„Na, was sagst du nun?“, fragt sie den erstaunten Zwerg. Namur ist begeistert und fragt ungläubig zurück: „Darfst du hier denn übernachten?“ – „Dieser kleine Garten gehört Frau

Schäufele“, erzählt Olga. „Sie ist seit Jahren zuckerkrank und hat nach einer Operation nur noch ein Bein. Für das abgenommene hat sie zwar eine Prothese, aber damit kann sie noch schlecht umgehen, deshalb geht sie nur selten aus ihrer Wohnung. Ich kaufe für sie einmal pro Woche ein. Dafür darf ich hier übernachten und manchmal auch bei ihr duschen.“

Sie holt aus dem Häuschen eine Hängematte und befestigt sie zwischen den beiden Bäumen. „Unser Nachtlager“, sagt sie und es klingt wie ein Geheimnis. „Wenn das Wetter gut ist, schlafe ich immer unter freiem Himmel. Aber nun lass uns erst mal zu Abend essen.“

Sie packt einige trockene Brötchen aus, holt im Garten zwei Tomaten, eine kleine Gurke und eine Handvoll Brombeeren, dazu teilen sie sich einen Apfel frisch vom Baum und lassen Wasser aus dem Gartenschlauch, der in der Ecke zum Bewässern des Gartens hängt, in ihre Becher. „Ich kann noch eine

Wurst dazu beisteuern“, bietet Namur an, aber Olga schüttelt den Kopf und erklärt ihm, dass sie schon lange kein Fleisch mehr isst, denn sie ist Vegetarierin.

Als Namur sich zu Olga in die Hängematte kuschelt und an den mit Sternen übersäten Nachthimmel blickt, erklärt sie ihm die verschiedenen Sternbilder. Durch ein geöffnetes Fenster im Erdgeschoss hört man Frau Schäufele laut schnarchen. Dann schlafen sie unter dem wundervollen Sternenhimmel ein.

Was war das? Namur hört das Knarren der Gartentüre und lugt neben Olgas Schulter über den Rand der Hängematte.

Eine Gestalt im gestreiften Hemd schleicht mit einem Beutel über der Schulter zum Haus und zieht sich am Fenstersims nach oben. Geschmeidig wie eine Katze springt sie dann in Frau Schäufeles Schlafzimmer hinein. „Olga“, flüstert Namur aufgeregt und rüttelt die Schlafende wach, „gerade ist ein Einbrecher in Frau Schäufeles Zimmer gestiegen!“

Olga springt lautlos aus der Hängematte und schnappt sich eine am Gartenhaus lehnende Schaufel. Dann stellt sie sich sprungbereit unter das Fenster und wartet. Drinnen hört man nichts.

Frau Schäufele scheint gut zu schlafen, denn sie schnarcht immer noch vor sich hin. Plötzlich fällt drinnen etwas um und sie wacht auf. Im Schein der Taschenlampe, die auf sie gerichtet ist, kann sie nur Umrisse entdecken und ruft ängstlich: „Wer sind Sie und was wollen Sie von mir?“ – „Geld!“, ist die barsche Antwort. Frau Schäufele deutet auf die Nachttischschublade und der Dieb steckt ihren Geldbeutel ein.

Dann springt er mit einem Satz aus dem Fenster und genau in die Schaufel, die den Sprung schlagartig bremst. Mit einem Aufschrei fällt er zu Boden. Olga nimmt das bereitgelegte Seil vom Schuppen und bindet ihm damit Hände und Füße zusammen. Auf einem Bein humpelnd erscheint Frau Schäufele am Fenster und ruft: „Olga, du Engel!“ – „Rufen Sie die Polizei“, weist Olga Frau Schäufele an und setzt sich auf das verschnürte Bündel am Boden. Sie zischt leise: „Du gemeiner Schurke, schäm dich, eine alte, behinderte Frau zu bestehlen!“ – „Lass mich los, ich habe nichts gestohlen“, lügt der Dieb.

Namur zieht flink Frau Schäufeles Geldbeutel aus seiner Jackentasche und gibt ihn Olga. Die fragt: „Und was ist das?“

Dann packt sie seine Nase und zieht daran, bis er stöhnt und ihm die Tränen kommen. Seine Lippe ist aufgeplatzt und als er hustet, spuckt er einen Zahn aus. „Aha, bist du etwa Zwerg Nase oder soll ich dich Pinocchio nennen? Jedenfalls hast du jetzt eine genauso schöne Zahnlücke, wie ich eine habe. Morgen wirst du dich im Spiegel nicht mehr erkennen, denn dann bist du grün und blau wie Dracula! Das ist eine kleine Erinnerung an den heutigen Abend, vielleicht hält dich das in Zukunft von solchen Taten ab!" Namur wird bis zur Ankunft der Polizei auf Frau Schäufeles Fenstersims gesetzt und kann so beobachten, wie der fluchende Dieb im Polizeiwagen abtransportiert wird.

Als alles vorbei ist, lädt Frau Schäufele ihre beiden Retter zu einer Tasse heißer Schokolade und Hefezopf in ihre Küche ein und bedankt sich herzlich bei Namur, denn ohne ihn hätten sie und Olga den Dieb vielleicht nicht bemerkt.

DIE ZACKE

Die Zahnradbahn oder Zacke, wie sie von der Bevölkerung genannt wird, gibt es seit 1884. Sie verbindet Heslach mit Degerloch“, erklärt Olga Namur als sie an der Haltestelle stehen. „Von oben hat man eine wunderschöne Sicht über Stuttgart, das ist einzigartig“, schwärmt sie. Aber nun muss ich los, besuch mich, wenn du mal wieder in der Gegend bist. Du bist immer herzlich willkommen!“

Sie wirft ihm einen Handkuss zu und verschwindet in der wartenden Menschenmenge.

Eine asiatische Touristengruppe steht plappernd um ihren Reiseleiter, der mit einem roten Schirm in der Hand die lebhafte Gruppe über Deutschlands einzige Alltags-Zahnradbahn informiert.

Ein älterer Mann mit grauen Haaren und lustigen Schlitzaugen entdeckt plötzlich Namur. Er geht in die Knie und hält ihm die ausgestreckte Hand entgegen. Beherzt nimmt Namur dieses Angebot an und klettert auf dessen Hand. Dann macht er es wie der Mann, er lächelt ihn an und verneigt sich tief.

An der Haltestelle ist die Zacke angekommen. Die Gruppe drängt sich in die beiden Wagen und der freundliche Herr bietet Namur einen Platz in seiner Brusttasche an.

Die Aussicht von der Zacke aus über den Talkessel von Stuttgart wird von den Touristen mit lauten Ohs und Ahs aus Fernost bewundert.

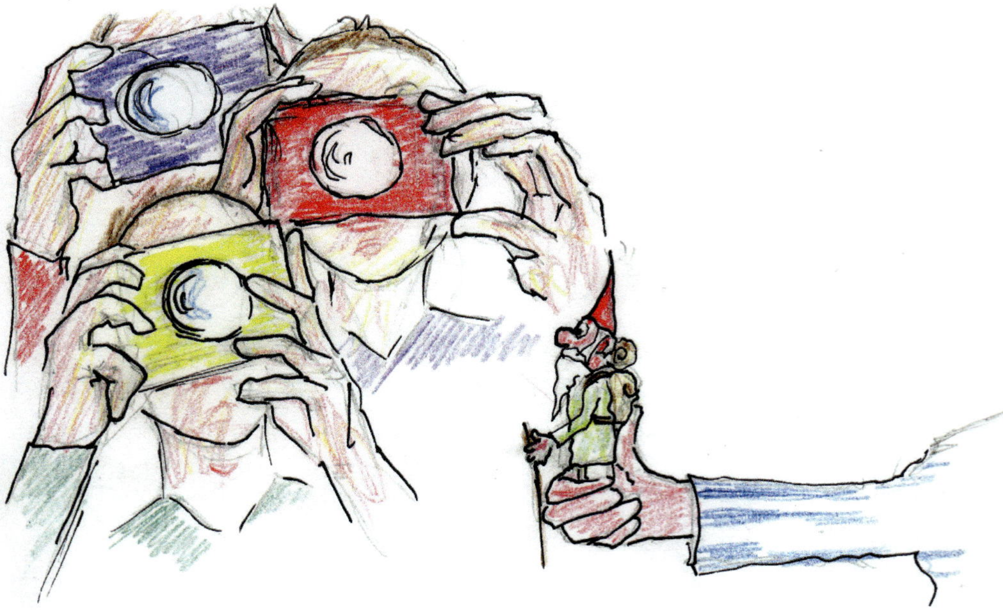

Auf einem Zettel zeigt der Mann, der sich als Wang vorstellt, verschiedene Stuttgarter Ortsteile, die sich in seiner Sprache komisch anhören: Hes-lach … Wan-gen … Bot-nang …

Namur spricht sie in Wangs Betonung nach und tatsächlich klingen sie alles andere als deutsch.

Einige Mountainbiker sind auch im Wagen. Ihre Räder sind auf der vorderen Fahrradplattform abgestellt. Ihr Ziel scheint der Fernsehturm zu sein. Das ist genau mein Ding, denkt Namur und bedeutet Wang, sich in deren Nähe zu stellen.

Als Degerloch erreicht ist, leert sich die Zahnradbahn und nimmt neue Passagiere zur Talfahrt nach Heslach auf. Das Panorama wird mit hunderten von Smartphoneklicks festgehalten. Als die Gruppe sich zu einem Gemeinschaftsfoto aufstellt, sieht Namur, wie die Biker davonradeln. „So ein Pech", denkt er, „aber mir wird schon etwas einfallen, wie ich weiterkomme."

Wang steht am rechten Rand der Aufstellung, als der Fotograf plötzlich auf ihn zugeht und seine Kamera zückt. Dann zieht er Wang am Ärmel nach vorne und zeigt auf den Zwerg in der Brusttasche.

Ein Aufschrei geht durch die Gruppe und wieder wird geknipst wie wild. Alle wollen diesen einmaligen kleinen Kerl im Bild festhalten.

Namur steigt aus der Brusttasche und setzt sich auf Wangs Schulter. Dieser ruft laut: „Li!“

Ein hübsches junges Mädchen stellt sich neben ihn und hört ihm aufmerksam zu. Dann sagt sie mit glockenheller Stimme: „Ich bin die Enkelin von Wang und spreche ein wenig deutsch, kannst du uns etwas über dich und deine Stadt erzählen? Ich werde gerne übersetzen.“

Namur verbeugt sich höflich und nickt. „Es ist mir eine große Ehre.“

Und er beginnt zu erzählen: Über seine Familie, den Aufbruch ins große Abenteuer der ersten Reise bis hin zum Beginn dieser zweiten Reise mit dem roten Luftballon zum Rathaus, dem Marktplatz und der Markthalle, dem Schillerdenkmal und dem Alten Schloss. Die nächtliche Begegnung mit der Statue des Königs, dem Besuch in der Stiftskirche und schließlich vom Hauptbahnhof und dem Umbau zu Stuttgart 21. Seine Begegnung mit den netten Obdachlosen und das aufregende Erlebnis mit dem Dieb bei Frau Schäufele.

Während Li übersetzt, werden sie gefilmt, denn Namur ist schließlich Insider und Stuttgart-Spezialist. Danach erschallt tosender Applaus. Der Reiseleiter verspricht, noch einige Tage für dieses Stadterlebnis anzuhängen. Ungern lassen sie Namur gehen, aber er möchte seine Weltreise ohne Gruppe fortsetzen und verabschiedet sich mit höflichen Verbeugungen.

DER FERNSEHTURM

„Mann, was waren das für aufregende Tage“, denkt Namur. „Ich glaube, heute lasse ich mir die schöne Herbstsonne auf den Bauch scheinen und mache nach dem Mittagessen ein Schläfchen, schließlich war die letzte Nacht sehr kurz.“ Gesagt, getan. Abseits vom Trubel setzt er sich an einen kleinen Bach und lässt seine müden Füße ins klare Wasser hängen. Im Rucksack ist immer noch genug zu essen, denn Olga hat ihn nochmals gefüllt und Frau Schäufele hat noch eine kleine Schokolade und Kekse oben draufgelegt. Nach einem kräftigen Schluck aus der Wasserfla-

sche legt er sich nieder und schläft zwischen Klee und Herbstzeitlosen ein.

Die Sonne geht schon allmählich unter und im Gras wird es feucht, als Namur aufwacht. Was hat da geraschelt? Neben ihm macht sich ein Marder heimlich an seinem Rucksack zu schaffen. Da Namur ihn als Kopfkissen benutzt, ist er schwierig zu öffnen. „Hallo, hast du Hunger?", fragt er den Marder. „Ja, es riecht so verlockend und ich habe eine hungrige Familie mit fünf Kindern zu versorgen. Würdest du mir etwas abgeben von deinem Essen?"

Namur breitet seinen Proviant aus und lädt den Marder ein, sich zu bedienen. Egon, so heißt der fürsorgliche Papa, fragt, wie er sich für das üppige Mahl revanchieren darf. Namur überlegt nicht lange und fragt ihn, wo er die Nacht verbringen kann.

Egon kennt einen nahen Hühnerhof, in dem er hin und wieder mal ein Ei organisiert. „Unter dem Hühnerstall sind Strohballen gelagert, das ist ein superwarmes Nachtlager für dich! Ich bringe dich dorthin, wenn ich später die zweite Fuhre Proviant abhole", verspricht er und huscht davon. „Was habe ich doch immer für ein Glück", denkt Namur und lacht vor Freude in sich hinein.

Als Egon in der Dämmerung wieder auftaucht, steht Namur reisefertig da. Den Rest vom Essen hat er im Rucksack verstaut, damit beide gleich losziehen können. Zuerst machen sie Halt im Marderbau.

Fünf hungrige Mäulchen warten schon auf Nachschub und geben putzige Geräusche von sich. Nachdem alle satt sind, bringt Egon Namur zum Hühnerhof. Es ist ruhig, denn die Hühner sitzen schon auf den Stangen und schlafen. Egon gräbt einen Tunnel durch die Strohballen und macht Namur eine gemütliche Kuhle. Dann verabschiedet er sich und verspricht, morgen früh nach ihm zu sehen. Namur gönnt sich als Betthupferl noch einen Keks von Frau Schäufele, genießt die Wärme und schläft umgeben vom Duft des goldenen Strohs ein.

In aller Frühe weckt der Chef des Hühnerhofes mit lautem und anhaltenden „Kikeriki" seine Hennen und alle anderen Schläfer auf. Namur setzt sich auf und zupft sich die Strohhalme aus der Kleidung. Dann streckt er sich und krabbelt den Tunnel entlang nach draußen.

Es ist noch kühl, außer dem Gegacker der Hühner hört man nichts. Es scheint noch niemand unterwegs zu sein. Der prächtige Hahn breitet seine Flügel aus und hüpft herunter zu den Strohballen.

Sein Gefieder ist wunderschön bunt glänzend und sein Kamm purpurrot. Er beäugt Namur und fragt dann mit krächzender Stimme: „Was machst du denn hier auf unserem Gelände?" Namur erzählt ihm seine Geschichte und Karl, der Hühnerhofchef, ist beeindruckt von diesem kleinen, mutigen Zwerg. „Wie kommst du denn nun weiter?", fragt er neugierig. „Egon versprach mir, heute Morgen vorbeizukommen, aber sicher ist es noch zu früh." Als Karl von Egon erfährt, sträuben sich seine Nackenfedern und er sagt ärgerlich: „Den sehen wir hier nicht gerne. Immer wenn er hier herumstreicht, fehlen Eier. Ich gebe dir jetzt ein Frühstücksei und danach machst du dich auf den Weg zum Fernsehturm. Wenn Egon dich sucht, wird er dich schon finden. Er hat eine gute Nase."

Mit dem Ei im Rucksack macht Namur sich auf den Weg. Zwischen den bunt belaubten Bäumen kann er die Spitze des

Fernsehturmes schon sehen. „Es ist ja nicht mehr so sehr weit“, tröstet er sich und marschiert los. An einer Bushaltestelle steigt eine lärmende Schar kleiner Kinder mit ihrer dunkelhäutigen Betreuerin und einer weiteren Frau aus. Namur hat noch nie eine Frau mit so wunderschöner kaffeebrauner Haut gesehen. Ihre Augen funkeln und die weißen Zähne blitzen, als sie lachend sagt: „Das letzte kleine Stück gehen wir zu Fuß. Wenn ihr nach oben schaut, könnt ihr den Fernsehturm schon ein bisschen sehen.“ Die Kinder recken sich und schreien durcheinander: „Ja, da oben ist er! Oh, ist der aber riesig!“

Namur entdeckt ein kleines Mädchen mit Brille, das von den Größeren überragt wird und deshalb nichts sehen kann. Sie setzt sich auf den Boden und weint bitterlich. Namur geht zu ihr und flüstert: „Sei nicht traurig, aus der Nähe ist er viel schöner." Die Kleine schaut ihn mit ihren großen blauen Kinderaugen hinter den dicken Brillengläsern an und wischt sich die Tränen ab. „Wer bist du denn? Ich habe noch nie so einen wie dich gesehen." Namur raunt verschwörerisch: „Ich heiße Namur und wenn du mich mitnimmst in deiner Jackentasche, erzähle ich dir meine Geschichte." Schnell öffnet das Mädchen den Knopf an ihrer Jackentasche und setzt ihn hinein.

Beim Weiterlaufen unterhalten sich die beiden. Namur erfährt, dass die Kleine Marlene heißt und erst seit kurzem in der Kita am Killesberg ist. Darum hat sie auch noch keine Freunde. „Das ist ja ein Zufall", lacht er, „ich wohne im Kräherwald, da sind wir ja beinahe Nachbarn." Sie klatscht fröhlich in ihre Hände und sagt: „Dann musst du mich mal besuchen."

Inzwischen sind sie am Fernsehturm angekommen und die kleine Gruppe umringt neugierig ihre fröhliche Betreuerin. „So, Kinder, stellt euch in einer Zweierreihe auf und folgt mir. Leos Mama macht den Schluss, damit wir keinen verlieren." Mit dem superschnellen Aufzug fahren sie nach oben zur Plattform. Aida, die Kita-Chefin, erzählt den Kindern, dass der Turm vor 65 Jahren gebaut wurde und damals zu den höchsten Gebäuden der Welt zählte. Er ist 216 Meter hoch und aus Beton gemacht, deshalb wird er aus Spaß auch Betonnadel genannt. Er ist das Wahrzeichen von Stuttgart.

Von keinem anderen Punkt aus hat man so einen Ausblick über die Stadt, die Weinberge, das Neckartal, die Schwäbische Alb und den Schwarzwald. Fast zwei Jahre dauerte es, bis er fertig war. Er ist Deutschlands erster Fernsehturm. In vielen anderen Städten baute man danach auch welche.

Staunend stehen die Kinder in der luftigen Höhe. Namur schlüpft aus Marlenes Jackentasche und klettert auf ihre Schulter, um nach unten schauen zu können. Huch, beinahe wird ihm schwindelig. Von so hoch oben nach unten zu sehen, ist komisch. Alles ist winzig klein und zudem schwankt der Turm ein bisschen. Gerade als er wieder runterrutscht, wird er von Leo entdeckt. „Schaut mal, was Marlene auf der Jacke hat!“, ruft er und zeigt auf Namur. Plötzlich ist Marlene der Mittelpunkt und alle Kinder drängen sich um sie. „Stopp!“ Namur hebt energisch die Hand und die Kinder treten einen Schritt zurück. „Ich bin Marlenes Freund und Beschützer.“ Bevor einer fragt, stellt er klar, dass er zu niemandem auf den Arm oder in die Tasche geht. „Ich bleibe bei Marlene!“

Aida kommt lächelnd näher. „Was für eine schöne Überraschung. Wie heißt du denn?“

Namur stellt sich vor und erzählt den Kindern, die jetzt mit offenen Mündern dastehen, woher er kommt und was er alles schon erlebt hat auf seiner Weltreise durch Stuttgart. „Wie geht es nun bei dir weiter?“, will eines der Kinder wissen.

Da rollt eine kleine Träne über Namurs Wange und er gesteht, dass er Heimweh hat und nun endlich nach Hause zu seiner Familie möchte. Marlene drückt ihn an sich und streichelt ihn sanft.

Da macht Aida einen Vorschlag. „Weil du im Kräherwald zuhause bist, kannst du uns ein Stück begleiten. Wir fahren mit der historischen Seilbahn ins Tal bis zum Südheimer Platz.“

Historische Seilbahn und Ende des Abenteuers

Mit dem Bus geht es nun Richtung Waldfriedhof. Jedes der Kinder möchte auf einmal neben Marlene sitzen, um Namur möglichst nahe zu sein.

Im goldenen Oktober-Sonnenschein fahren sie mit der Seilbahn, die von den Einheimischen auch Witwen-Express genannt wird, quietschend ins Tal. Die Sonne vergoldet die Dächer der Stadt, und bunte Blätter wirbeln durch die Luft. Es duftet nach Laub und reifen Früchten. Unterwegs essen die Kinder ihr mitgebrachtes Brot und Apfelschnitze aus Aidas Dose. Jeder will Namur etwas abgeben, aber der hat einen anderen Plan.

Im vorderen Wagen hat er die Biker

entdeckt und hofft, mit ihnen das letzte Stück des Weges fahren zu können. Unten verabschiedet er sich von der Kita-Gruppe und verspricht, sie einmal zu besuchen. Alle winken, bis er im Gewimmel der vielen Menschen verschwunden ist.

Aus dem Rucksack holt er die zusammengefaltete Karte von Luise und überlegt, wie er wohl von hier aus in den Westen kommen könnte. Er greift ein trockenes Stück Brot und das Ei von Karl aus dem Rucksack und, platsch, liegt das Ei auf dem Boden. Namur setzt sich daneben und tunkt sein Brot in das Matsche-Ei ein. „Schmeckt nicht schlecht“, murmelt er, als ein Schatten sich über ihn senkt.

Hinter ihm gurrt es und eine wunderschöne weiße Taube lädt sich selbst zur Mahlzeit ein. Sie findet auch, dass es gut schmeckt, und Namur teilt gerne mit ihr. „Darf ich dich etwas fragen?“, sagt er zögernd.

„Nur zu, was willst du wissen?“ Da erzählt Namur der Taube von seinem Plan und fragt sie, ob sie ihn eventuell dort hinfliegen würde. Paloma, so heißt die Taube, nickt mit ihrem schönen Kopf und schaut sich Luises Karte genau an. Neben der Einladung ist eine Skizze, wie man hinkommt. „Ist schon klar“, gurrt sie. „Also komm, lass uns starten.“

Paloma ist ein wunderbares Luftschiff. Sie bewegt sich elegant und ruhig durch den abendlichen Herbstwind. An einem Haus in Halbhöhenlage setzt sie Namur auf die sonnenwarme, efeubewachsene Mauer und verabschiedet sich von ihm. Eine Katze mit herrlich getigertem Fell und einer weißen Brust legt sich neben ihn auf die Mauer. „Wo möchtest du denn hin?“, schnurrt sie. „Ich habe eine Einladung zum Waffelessen hier im Haus“, antwortet Namur. „Kennst du eine Luise?“

Die Katze Clipsi putzt sich das weiche Fell und schaut ihn mit ihren schönen Augen erstaunt an. „Ja, die wohnt hier. Weiß sie, dass du kommst?“ Verlegen schüttelt Namur den Kopf. „Die Familie wohnt gleich hier im Erdgeschoss“, sagt die Katze. „Komm, ich schau mal, ob Luises Fenster offen ist, dann kannst du reinklettern.“ Tatsächlich ist das Fenster offen und als Clipsi laut miaut, erscheint Luise am Fenster. Als Namur ihr die zerknitterte Karte gibt, hebt sie ihn zu sich ins Zimmer herein. Die Waffeln, die die Mutter schnell zaubert, sind himmlisch und Namur isst weit mehr, als er gewohnt ist. Danach spannt sein Bäuchlein und er bedankt sich überschwenglich. Mit vollem Magen den Berg hinaufzuwandern, ist beschwerlich. Alle paar Schritte muss er stehen bleiben. Da hört er leises Miauen. Hinter ihm kommt Clipsi. „Du schleichst wie eine Schnecke den Berg hoch“, neckt sie ihn.

„Ich habe zu viel von den Waffeln gegessen“, stöhnt Namur. „Mir ist beinahe schlecht. Wenn es so weitergeht, bin ich morgen noch nicht daheim.“

„Ich bringe dich bis zum MTV-Sportplatz am Kräherwald.“ Als sie ankommen, rutscht Namur von Clipsis Rücken und bedankt sich herzlich für die Hilfe. Clipsi streicht mit ihrem seidenweichen Köpfchen dicht an ihm vorbei und schnurrt ihm ins Ohr: „Komm uns mal wieder besuchen.“

Der Mond strahlt wie eine silberne Scheibe zwischen tausenden von Sternen vom nachtschwarzen Himmel. Ein kleiner Kauz ruft zu den beiden herunter: „Ja, das ist doch der Namur, bist du es wirklich?“ Namur nickt heftig und ist erleichtert, so nahe an seinem Zuhause zu sein. Da sieht er durch die Bäume schwankende Lichter kommen. Seine Familie, die allabendlich ihre Runde macht, in der Hoffnung, ihn bald wiederzusehen, ist da. Mit einem lauten Aufschrei voller Glück sinken sie sich in die Arme und tanzen übermütig im Kreis herum.

Nachwort

Bei diesem meinem zweiten Buch möchte ich mich bei all den begeisterten Lesern und Vorlesern bedanken, die mich ermunterten, Namur weiter auf seine Weltreise durch Stuttgart zu schicken.

Bei dieser Fortsetzung der Reise war es mir wichtig, Randgruppen der Gesellschaft und deren Sorgen den Kindern nahezubringen und somit eine Botschaft der Toleranz und des Miteinanders damit zu verknüpfen.

Meinem Vetter Franz Bitterle gilt mein herzlicher Dank für seine zauberhaft-einzigartigen Illustrationen sowie Anja Kisling für ihre wertvollen Tipps.

Einen besonderen Dank möchte ich Frank Butzer aussprechen, der in bewährter Weise das Layout trotz Zeitdruck wieder einmal mit Hingabe und Kreativität gestaltet hat.

Meiner Freundin Irmgard Lederer, die bei den Stuttgarter Leseohren mein erstes Buch einer breiten Leser- und Hörerschaft nahebringt, danke ich für ihre Begeisterung und Empathie, die Namur in den Kitas und Vorleseorten sowie auf YouTube bekannt gemacht hat.

Ferner danke ich meinen Enkeln für ihre Kritik aus kindlicher Sicht und für die Anregung zu weiteren Zielen sowie meinem Mann für seine Unterstützung und grenzenlose Geduld.

Una-Brunhilde Störl

Erschienen im Eigenverlag Una-Brunhilde Störl, Stuttgart.
Illustrationen: Franz Bitterle, Stuttgart.
Layout und Covergestaltung: Frank Butzer, Tübingen.

ISBN 978-3-00-070660-8